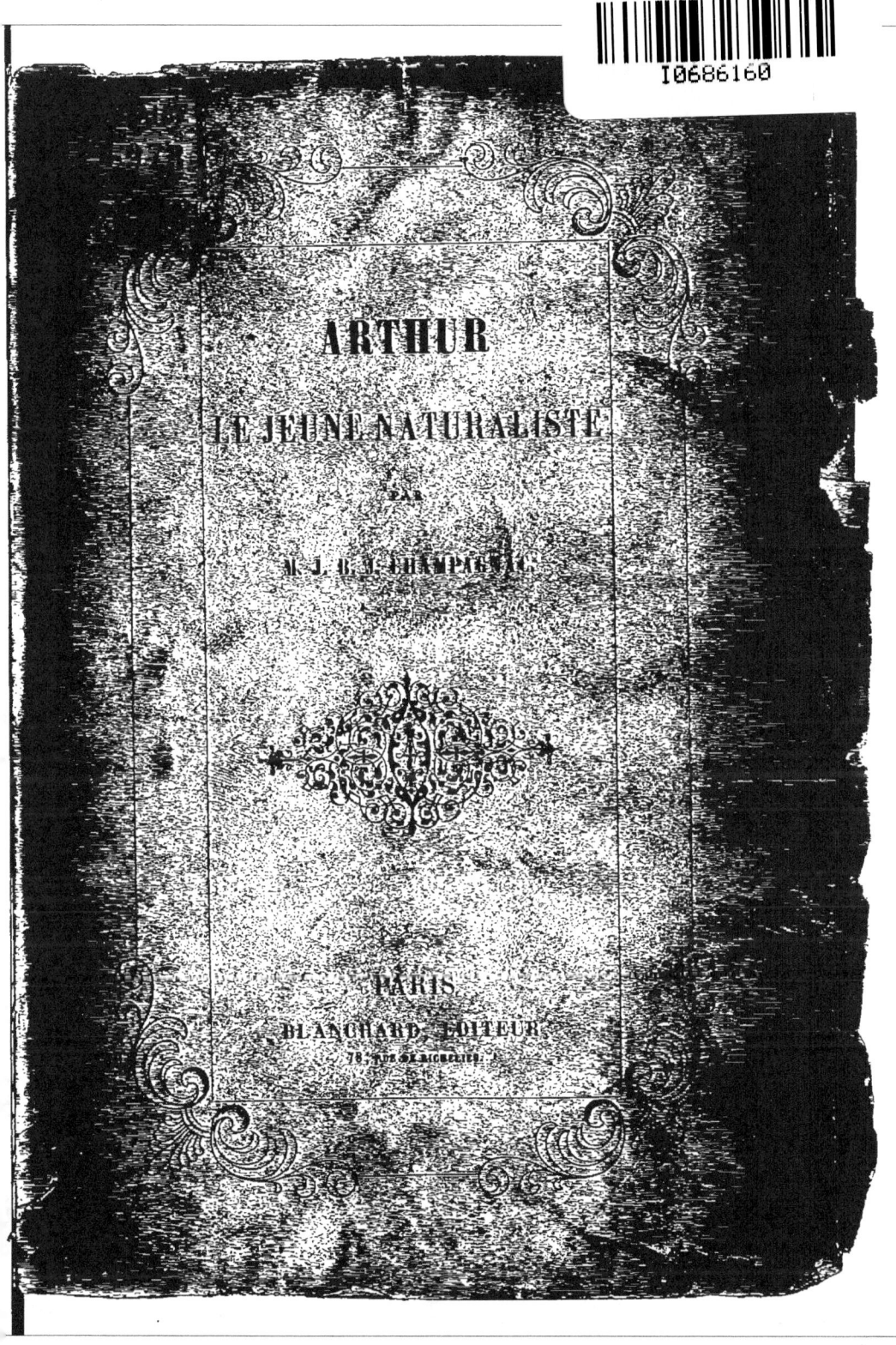

ARTHUR

LE JEUNE NATURALISTE

PAR

M. J. B. J. CHAMPAGNAC

PARIS

BLANCHARD, ÉDITEUR

76, RUE DE RICHELIEU

ARTHUR

LE

PETIT AMATEUR D'HISTOIRE NATURELLE

24°73

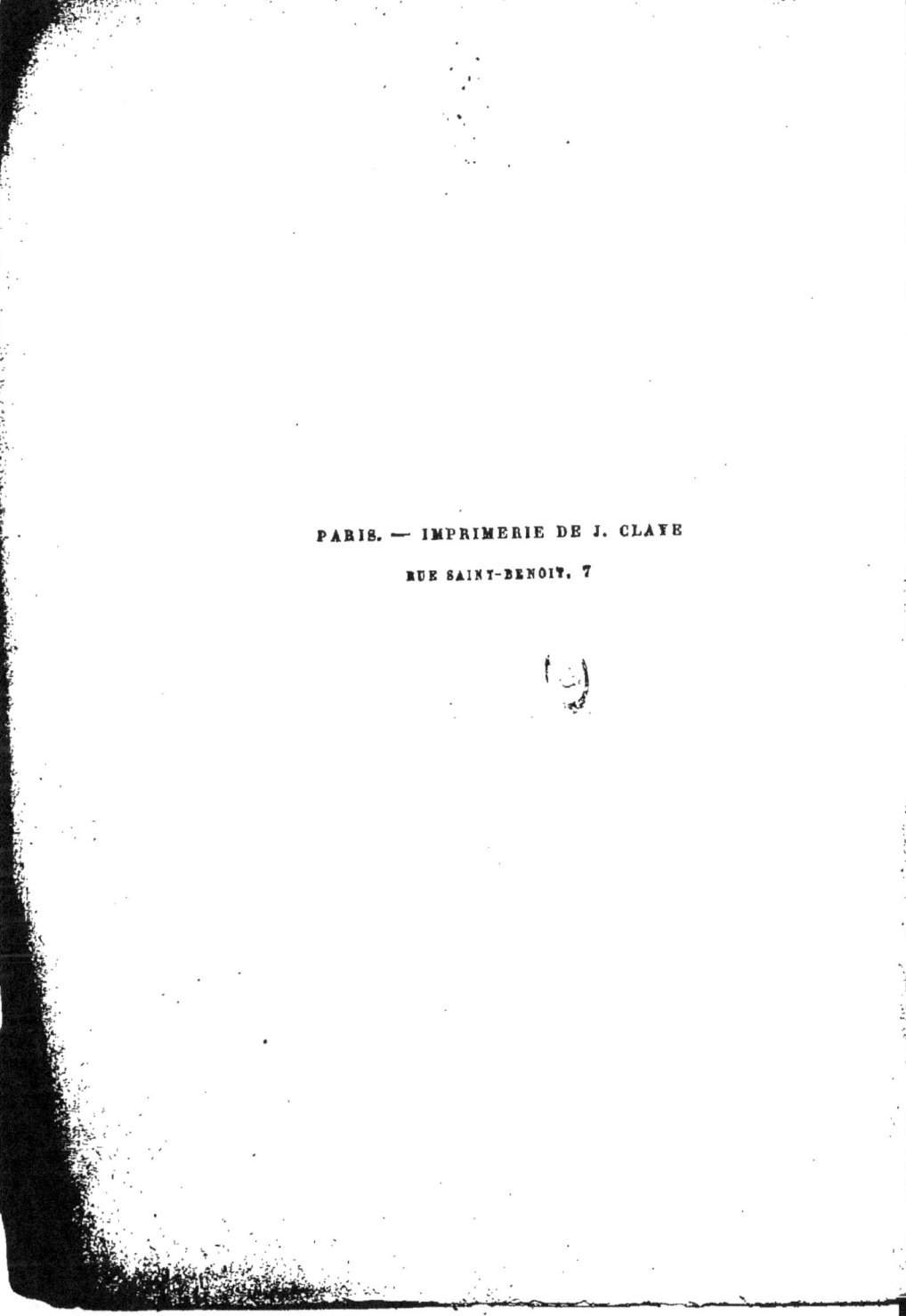

PARIS. — IMPRIMERIE DE J. CLAYE

RUE SAINT-BENOIT, 7

Strasbourg, imprimerie Silbermann.

ARTHUR

LE

PETIT AMATEUR D'HISTOIRE NATURELLE

PAR

M. J.-B.-J. CHAMPAGNAC

Auteur de *Sagesse et Bonheur*
du *Prix d'encouragement de la Jeunesse*, etc., etc.

ILLUSTRÉ DE 43 DESSINS IMPRIMÉS EN COULEUR
PAR SILBERMANN

PARIS

E. BLANCHARD, ÉDITEUR

ANCIENNE LIBRAIRIE BETZEL

RUE DE RICHELIEU, 78

1856

une gorge entre deux montagnes. On reconnaît facilement qu'il y a eu là autrefois un volcan; un ancien courant de laves l'atteste par le désordre qu'il a laissé sur son passage. Au milieu de ces horreurs, on rencontre, presque à chaque pas, des points de vue ravissants; et les sources merveilleuses qui jaillissent ou qui coulent de toutes parts, ont fait naître, sur ces antiques masses de laves, plusieurs vergers et quelques prairies dont l'aspect est riant : la fraîcheur et la solitude de ces retraites charmantes, le vaste ombrage qu'offrent les châtaigniers et les noyers qu'elles nourrissent, y forment, dans la belle saison, un asile plein de charme.

C'est là que le vénérable Lacoste, qui avait parcouru toute l'Auvergne en studieux ami de la nature, avait fini sa longue carrière; c'est là qu'il avait trouvé le repos après tant de longues fatigues. Une modeste pierre tumulaire couvrait sa dépouille mortelle, et son âme semblait encore se plaire au sein de ces lieux que l'amour de la science lui avait fait si souvent parcourir.

Quelques enfants de différents âges cheminaient pour se rendre au village; tantôt ils faisaient de joyeuses gambades, tantôt ils couraient après des papillons. L'un d'eux, plus grave, plus âgé que les autres, était Arthur, le neveu et le plus jeune élève du naturaliste Lacoste ; il allait déposer quelques fleurs et faire une prière sur la tombe de son oncle qu'il avait tant aimé.

A l'approche du village de Royat, caché pour ainsi dire dans un pli formé par deux montagnes, Arthur, s'éloignant de ses camarades sans rien dire, se dirigea vers l'humble cimetière, et, au milieu des modestes croix de bois, il découvrit celle qu'on avait plantée dans la terre pour indiquer la place où l'on avait inhumé son bon oncle. Là, il ôta respectueusement son chapeau et s'agenouilla pour prier, tandis que la bande joyeuse poursuivait insoucieusement son chemin.

— Prenons garde ! prenons garde ! s'écria Alphonse, il y a des serpents par ici ! Voyez-vous celui-là qui se tortille et qui se dresse au soleil ! Oh ! comme il a l'air en colère ! Il s'élance en sifflant ! Sauvons-nous...

Et tous les gamins s'élancèrent sur les pas d'Alphonse, sans attendre Arthur qui, lorsqu'il les eut rejoints, s'empressa de les rassurer.

Arthur aimait l'histoire naturelle ; il en avait pris le goût dans ses causeries avec son oncle : il aimait à s'en entretenir et à faire ainsi le petit docteur.

— Mes amis, dit-il à ses compagnons, ne vous
amusez point à avoir peur de ce reptile! surtout ne
l'excitez pas, parce qu'il pourrait vous mordre, et
sa morsure est dangereuse. Je vais vous montrer
chez mon oncle des échantillons de reptiles qui ne
vous feront aucun mal.

Arthur n'était pas médiocrement satisfait d'avoir
une occasion de faire étalage de son petit savoir.
C'était son faible à lui, c'était son *dada!* Qui n'a pas
le sien dans ce monde?

Ils entrèrent bientôt dans Royat; la vieille ser-
vante Brigitte, à la porte de la petite maison qu'avait
habitée le savant oncle d'Arthur, attendait la petite
caravane. Elle bondit de plaisir, malgré son âge, en
apercevant les enfants.

— Ah! vous voilà, dit-elle, venez par ici: vous
avez bien chaud, je vais vous faire boire du lait frais
qui est sorti ce matin du pis de notre vache noire.

— Bonjour, ma bonne Brigitte, dit Arthur, dé-
pêche-toi, parce que, après cela, nous voulons visiter
le cabinet de mon oncle.

— Oh! bien, dit Brigitte mécontente, parce que
les visiteurs lui faisaient craindre de voir mettre tout
sens dessus dessous, n'ayant personne pour les sur-
veiller; vous avez toujours le temps d'examiner ces

vilaines bêtes. Venez donc plutôt voir ma petite basse-cour : j'ai de petits poussins qui courent déjà, quoiqu'ils n'aient encore que du duvet sur le corps.

— C'est bien : ma bonne Brigitte, reprit Arthur tout rayonnant, mais tu feras encore mieux de nous ouvrir le cabinet de mon oncle; tu penses que nous voyons des poussins et même des canetons tous les jours, sans sortir de chez nous... au lieu que nous n'avons pas souvent une occasion comme celle-ci, de voir le cabinet d'un homme qui s'est occupé toute sa vie des curiosités de l'histoire naturelle.

— Oh! oui, mademoiselle Brigitte, nous vous en prions tous ensemble, dirent les autres enfants sur toutes les notes de la gamme.

— Je vais vous satisfaire, reprit la vieille domestique, mais c'est à condition que vous ne toucherez à rien avec les mains...

— Ni avec les pieds sans doute? interrompit en riant un des bambins de la troupe.

— Ne plaisantons pas, dit Brigitte en faisant des grimaces pour s'empêcher de rire. Vous savez bien ce que j'ai voulu vous dire..... *Touchez des yeux seulement*, disait feu mon maître... A cette condition, et aussi parce que M. Arthur est avec vous, je vais vous introduire dans le cabinet.

Et en disant cela, elle tourna la clef dans la serrure de la pièce réservée, et ouvrit le sanctuaire dans lequel les enfants pénétrèrent avec une sorte de recueillement, ayant Arthur à leur tête.

Celui-ci se découvrit en franchissant le seuil de la porte : — Voilà, dit-il avec exaltation, voilà les murs qui ont été témoins des dernières études de mon oncle! c'est là qu'il a passé ses derniers jours!

Cette pièce était d'une forme carrée, et sans aucune autre décoration que de simples produits de la nature. Ici, là, on voyait des minéraux de toutes les espèces : des cristaux aux arêtes brillantes, des *micas* aux feuilles d'or, de jolies pierres comme l'agate, l'améthyste et une foule d'autres. Au plancher étaient attachés et suspendus de grands serpents des pays lointains ; je n'ai besoin de dire que ces animaux étaient empaillés, ainsi que d'autres que l'on voyait à droite et à gauche. Contre la muraille étaient dressés de grands châssis, couverts en toile blanche, sur lesquels étaient fixés des insectes par milliers, papillons, mouches, chenilles, scarabées et autres que l'on rencontre dans les forêts, sur les montagnes, au bord des lacs et des étangs. Des bocaux remplis d'esprit-de-vin, et contenant des animaux bien conservés, des serpents, des lézards, des salamandres, des crapauds, etc., etc., garnissaient des rayons placés contre la muraille en forme de bibliothèque.

— Voici justement notre affaire, dit Arthur en prenant avec précaution un de ces bocaux ; voilà le bocal aux vipères ; voyez, leur tête semble aplatie ; elle est munie d'une sorte de rebord autour des extrémités de sa partie supérieure (*figures* 1 et 2). Voyez, leur peau est marquetée ; mais, ainsi que vous pouvez vous en assurer en examinant ces diverses vipères, le fond de la couleur varie ; car il est tantôt blanchâtre, tantôt rougeâtre ; gris, jaune ou tanné, ce fond est toujours semé de taches noires qui paraissent comme des caractères régulièrenent disposés ; deux de ces taches forment sur la tête une sorte de V dont l'ouverture est dirigée en arrière. La langue des vipères est fourchue et non en forme de flèche comme les peintres la représentent souvent. Ces reptiles (ainsi appelés parce qu'ils rampent), changent de peau plusieurs fois par an...

— Et ce serpent, comment le nomme-t-on ? dit un des bambins en montrant un bocal placé presque à sa portée.

— Un moment ! reprit Arthur tout occupé de ses fonctions doctorales ; ce petit serpent que tu désires

connaître, mon cher Amédée, s'appelle *orvet* (*fig.* 3);
il y en a beaucoup de son espèce dans ce pays-ci;
les paysans les appellent aussi *serpents aveugles*,
quoiqu'ils aient des yeux très-vifs, mais extrêmement petits. On fait des contes absurdes sur cet animal, à qui l'on prête une grande malignité. Tout
cela est faux, complétement faux. L'orvet n'est pas
malfaisant. Il a le corps si fragile, qu'il se brise
comme du verre lorsqu'on veut le saisir. Il vit d'insectes et fait ses petits vivants.

Arthur, prenant un autre bocal et le ton d'un
professeur, dit avec emphase :

— Maintenant passons à un autre sujet. Je tiens
une *couleuvre* (*fig.* 4). Ces reptiles ont, comme vous
le voyez, les plaques du dessous de la queue
doubles au lieu de les avoir simples comme les serpents *boas*, dont le corps est aussi gros que la cuisse
d'un homme, et qu'on ne voit guère qu'en Afrique
et en Amérique. C'est le seul caractère bien saillant
(hormis la grosseur et la longueur) auquel on distingue ces deux sortes de serpents, qui se ressemblent
beaucoup par tout le reste. Il y a pourtant de ces
couleuvres qu'on nomme *pythons*, qui atteignent des
dimensions extraordinaires; on en a vu de plus de
dix mètres de longueur, mais ce n'est jamais dans

nos climats. Le serpent dont parlent les historiens, et que l'armée de Régulus tua en Afrique, était probablement un énorme python. Quoi qu'il en soit, il y a plusieurs espèces de couleuvres en France, parmi lesquelles on distingue la *couleuvre à collier*, qui est très-commune dans les prés et dans les eaux dormantes. Cette couleuvre, ainsi que vous pouvez le voir, est cendrée, avec des taches blanches formant un collier sur la nuque. Elle vit d'insectes, de grenouilles, de vers, etc. On la mange dans plusieurs de nos provinces, et le bas peuple, pour cette raison, lui donne le nom d'*anguille de haies*.

— Tiens! tiens! s'écria un des petits auditeurs, en croquant entre ses petites dents blanches une pomme de calville rouge; voilà un animal qui ressemble joliment au lézard!

— C'est une *salamandre*, dit Arthur; en effet ces animaux ressemblent aux lézards par la forme, mais leur tête est aplatie; ils n'ont point de côtes, naissent à l'état de *têtard*, et prennent ensuite leur forme définitive. Leur langue est disposée comme celle des grenouilles et des crapauds; leurs mâchoires sont garnies de dents petites et nombreuses. Leurs oreilles sont couvertes par les chairs. Il y a la salamandre terrestre et la salamandre aquatique: la première se tient dans les lieux humides et se retire dans des trous sous terre ; elle se nourrit d'insectes et fait ses petits tout vivants qu'elle dépose dans des mares. Sa queue est ronde, son corps noir avec de grandes taches d'un jaune vif ; sur ses côtés remarquez des rangées de tubercules, desquels suinte dans le danger une liqueur laiteuse, amère, d'une odeur forte, qui est un poison pour les animaux trèsfaibles. Cette humeur pourrait éteindre une petite quantité de charbons allumés, et c'est probablement ce qui a donné lieu à cette croyance populaire que la salamandre vit dans le feu ; mais cela n'est pas plus vrai que tant d'autres choses qui passent pour des vérités constantes. Ce qui est certain, c'est que la salamandre, exposée à un brasier un peu fort, périt comme un autre animal (*fig.* 6).

— Et l'autre salamandre, Arthur, que tu appelles *aquatique*, dit le petit Louis, dis-nous-en donc aussi quelque chose ?

— C'est ce que j'allais faire, répondit le petit professeur en se rengorgeant, mais vous m'interrompez toujours avec vos questions...

— Nous n'interromprons plus, Arthur, nous allons être bien sages pendant les explications que tu vas nous donner, dirent les marmots.

4

5

6

Blanchard, éditeur.

Strasbourg, imprimerie Silbermann.

— C'est vrai cela, dit Amédée, il faut qu'on questionne toujours mal à propos.

— Je continue, reprit Arthur. On me demande ce que c'est que la salamandre aquatique? je réponds que c'est celle qui vit dans l'eau. La voilà dans ce bocal; elle est plus rare que l'autre, mais elle est beaucoup plus remarquable par la force étonnante de reproduction qu'elle possède. Elle repousse plusieurs fois de suite le même membre quand on le lui coupe, et cela avec tous ses os, ses muscles, ses vaisseaux, etc.; elle jouit aussi de la singulière propriété de pouvoir être prise dans la glace et d'y subsister assez longtemps. Ainsi, loin que la salamandre puisse vivre dans le feu, c'est, au contraire, dans la glace qu'elle peut vivre; voilà ce qui est vrai sur la salamandre (*fig.* 5).

Pendant cette explication d'Arthur, le petit Louis continuait à s'agiter, il bâillait comme un désœuvré, se détirait, regardait à droite et à gauche d'un air distrait et ennuyé. Il donnait de petits coups de coude à son camarade Amédée, et lui montrait la campagne comme pour l'inviter à venir faire un tour. Mais Amédée, tout yeux et tout oreilles, n'avait pas l'air de comprendre. Enfin Louis lui dit tout bas :

—Dis donc, est-ce que nous sommes à l'école ?
On ne peut pas bouger ici ! Viens donc avec moi...
Est-ce que ça t'amuse cela ?

— Oui, Louis, cela m'intéresse et m'instruit tout
à la fois.

— Bien obligé ! dit Louis, et moi je m'en vais...

Au moment où il parlait ainsi, une personne frap-
pait discrètement à la porte. C'était la bonne Brigitte qui arrivait les mains pleines de gâteaux et d'appétissantes *fougeasses*. La *fougeasse* est un gâteau
composé de farine, de beurre, d'œufs et de lait. Son
goût ressemble beaucoup à celui de la brioche. Ce
genre de gâteau est fort estimé des enfants du pays,
et l'on est sûr de les régaler en leur en offrant.

A l'aspect de Brigitte, à la vue des gâteaux qu'elle
apportait, tous les yeux, même ceux du petit professeur, se tournèrent avec convoitise vers ces
agréables provisions, d'autant plus agréables qu'elles
étaient inattendues.

— Oh ! mon Dieu ! exclama la vieille Brigitte en
étalant sa provision sur une serviette toute blanche
qu'elle avait apportée dans son tablier ; comme vous
êtes sages, mes petits anges ! et M. Arthur, comme
j'avais plaisir à l'entendre, placée derrière la porte
où je prêtais l'oreille ! Comme il s'explique bien ! je

me figurais entendre défunt M. Lacoste, son oncle !
Il vous disait là de bien jolies choses, mes petits
amis !... Mais quand on mange, et surtout des gâteaux, on boit volontiers, n'est-ce pas?... Je vais
vous aller chercher du vin et de l'eau. Ce mélange,
disait monsieur, est très-favorable à la digestion.

Cependant les gâteaux étaient dévorés par les
jeunes enfants; on eût dit des vers à soie se jetant
sur des feuilles de mûrier. Brigitte, heureuse d'avoir
trouvé les enfants si tranquilles et tout à sa place
dans le cabinet, en sortit pour aller quérir la boisson
qu'elle avait annoncée. La bonne vieille était ravie
de voir son jeune maître si digne de marcher sur les
traces de celui qu'elle avait servi pendant tant d'an-
nées, et avec un dévouement qu'il méritait si bien.

Arthur, finissant sa dernière bouchée de fougeasse,
reprit ainsi la parole :

— Nous avons terminé l'article des salamandres.
Mais, avant tout, je dois vous demander si cela vous
est agréable, car...

— Oui, oui, répondirent tous les petits camarades,
même Louis, que l'apparition subite de la fougeasse
et des autres gâteaux avait réconcilié avec l'histoire
naturelle.

— Allons : après la salamandre, reprit Arthur,

vient le lézard, qui lui ressemble par la forme. Regardez celui-ci : c'est le petit lézard gris, qu'on trouve d'ordinaire dans les pierres, dans les creux des murailles. Le fond de son palais est garni de deux rangées de dents. Il a souvent sous le cou un collier formé par une rangée transversale d'écailles, séparée de celles du ventre par un espace où il n'y en a que de petites. Il est très-vif : le moindre bruit le fait fuir avec la célérité d'une flèche. C'est un joli petit animal, qui se façonne aisément à la société de l'homme.

— Je le crois bien, dit Amédée ; ne dit-on pas que le lézard est l'ami de l'homme ? Ne dit-on pas aussi qu'il avertit l'homme de la présence du serpent ?

— Mon oncle, reprit Arthur, mon oncle qui s'y connaissait, je pense, affirmait que tous ces contes-là étaient des contes populaires. Cela n'empêche pas le lézard d'être un très-joli petit animal (*fig.* 7).

La plus belle espèce de lézards est le grand *lézard vert*, que nous voyons dans nos bois ; j'en ai rencontré de magnifiques au bois d'Urtole, au pied du Puy-de-Dôme. Le *spécimen* qu'on voit dans ce bocal à gauche, est long de trente-trois décimètres ; il a conservé dans l'esprit-de-vin son beau vert, avec des lignes de points noirs formant des anneaux et une espèce de broderie. J'en ai un jour attrapé un

Manchard, éditeur.

Strasbourg, imprimerie Silbermann.

fort beau, auquel j'avais arraché les dents en lui
jetant mon mouchoir que je retirais vivement. Il
s'était tellement habitué avec moi que je le portais des
journées entières dans mon sein, lui donnant de
temps en temps du lait à boire; il aimait beaucoup
cette boisson qu'il lappait avec délices, à l'aide de sa
petite langue (*fig.* 8).

— Oui, c'est un animal fort joli, dit Amédée,
mais en le prenant, il faut le faire avec beaucoup de
ménagement, de peur de lui casser la queue, qui
est extrêmement fragile.

Arthur prit un des châssis, et dit à ses camarades : — Mettez vos lunettes, si vous avez la vue
basse; il s'agit d'examiner des *cousins* et d'autres
mouches. Le cousin, que vous voyez là, a le
corps et les pieds allongés et velus; il a les yeux
très-grands et très-rapprochés; ses *antennes*, c'est-à-
dire ses cornes mobiles, sont garnies de poils. Ces
insectes, importuns et fâcheux, surtout dans les
lieux aquatiques, où ils se trouvent en plus grande
abondance, sont avides de notre sang; ils nous
poursuivent partout, pénètrent dans nos habitations,
surtout le soir, s'annoncent par un bourdonnement
aigu; avec les soies acérées de leur sucoir, percent
notre peau, que nos vêtements ne peuvent quelque-

fois garantir; à mesure qu'ils enfoncent ces soies
dans la chair, le fourreau qui les enveloppe se replie
vers la poitrine et forme un coude. Les cousins dis-
tillent dans la plaie une liqueur vénéneuse, qui cause
l'irritation et l'enflure que cette partie éprouve. Les
cousins sont connus en Amérique sous le nom de
maringouins et de *moustiques*. Ces insectes aiment
aussi le suc des fleurs (*fig.* 9).

La femelle dépose ses œufs à la surface des eaux
croupissantes des mares et des étangs, où les larves
fourmillent, surtout au printemps. Ces larves sont
très-vives, nagent avec beaucoup de célérité, s'enfoncent de temps à autre, mais pour revenir bientôt à la surface de l'eau. C'est là que l'insecte parfait
se développe. Sa dépouille de nymphe devient pour
lui une planche de salut qui le préserve de la
submersion.

Toutes ces métamorphoses s'opèrent dans l'espace
de trois à quatre semaines. Aussi ces insectes malfai-
sants produisent-ils plusieurs générations dans la
même année.

— Est-ce que cet insecte est aussi un cousin?
s'écria le pétulant Amédée.

— Non, reprit Arthur; il est vrai qu'il a beaucoup
de ressemblance avec le cousin. C'est la *tipule*.

Regarde-le bien attentivement : il n'est point armé pour la guerre et n'est nullement féroce (*fig.* 11).

—Je vois là, dit Amédée, une grosse mouche aux ailes bleues, qui ne m'inspire pas de confiance.

— Tu as bien raison, dit Arthur, car c'est le *taon* : il est la terreur des bœufs et des chevaux, dont il perce la peau pour en sucer leur sang. On a une belle peinture de la guerre que le taon fait aux animaux dans l'admirable fable de La Fontaine, intitulée : *le Lion et le Moucheron.* Je voudrais vous la réciter, mais ma mémoire n'en a conservé que les traits les plus frappants (*fig.* 12).

Nous avons présentement sous les yeux les *abeilles*, ces insectes utiles, auxquels nous devons la cire et le miel (*fig.* 13). Ces petits animaux vivent en sociétés composées d'*ouvrières* ou *mulets*, dont le nombre ordinaire est de quinze à vingt mille, ou même trente mille, de six à huit cents *mâles* ou *bourdons*, et en général d'une seule *femelle* que l'on désigne sous le nom de *reine*. Les ouvrières, plus petites que les autres, sont armées d'un aiguillon ; la femelle ne se distingue des ouvrières que par un *abdomen* ou ventre plus long ; les mâles n'ont pas d'aiguillon. L'intérieur de l'abdomen des femelles et des ouvrières offre deux estomacs, dont l'un contient la matière

cireuse qui est le *pollen* des étamines. Ces insectes
ne s'établissent que dans les cavités où leur travail
trouve un abri contre les intempéries de l'air, aux-
quelles la matière qui le compose ne pourrait pas
résister. Les abeilles ouvrières sont seules chargées
du travail; elles sécrètent la cire par les intervalles
de leurs anneaux, et en construisent leurs cellules
avec un tel art, qu'il serait impossible d'embrasser un
plus grand espace avec une moindre quantité de cire.
Je puis vous certifier tout cela, car nous avons dans
notre jardin des ruches où nous élevons des mouches
à miel ou, pour parler plus exactement, des *abeilles*.

Les pontes commencent au printemps et ne cessent
qu'en automne. Une seule . femelle peut pondre
jusqu'à douze mille œufs dans l'espace de vingt
jours : ces générations successives forment autant de
sociétés particulières, connues sous le nom d'*essaims*.
Trop à l'étroit dans leur habitation, ces essaims
quittent souvent leur mère-patrie; c'est au cultiva-
teur à les rassembler et à leur procurer un nouveau
gîte. Vers la fin de juin, les ouvrières massacrent
tous les mâles, et le carnage s'étend jusqu'aux larves
et aux nymphes des individus de ce sexe. Le célèbre
physicien Réaumur et Pierre Huber se sont beaucoup
occupés de l'éducation des abeilles. On ne saurait

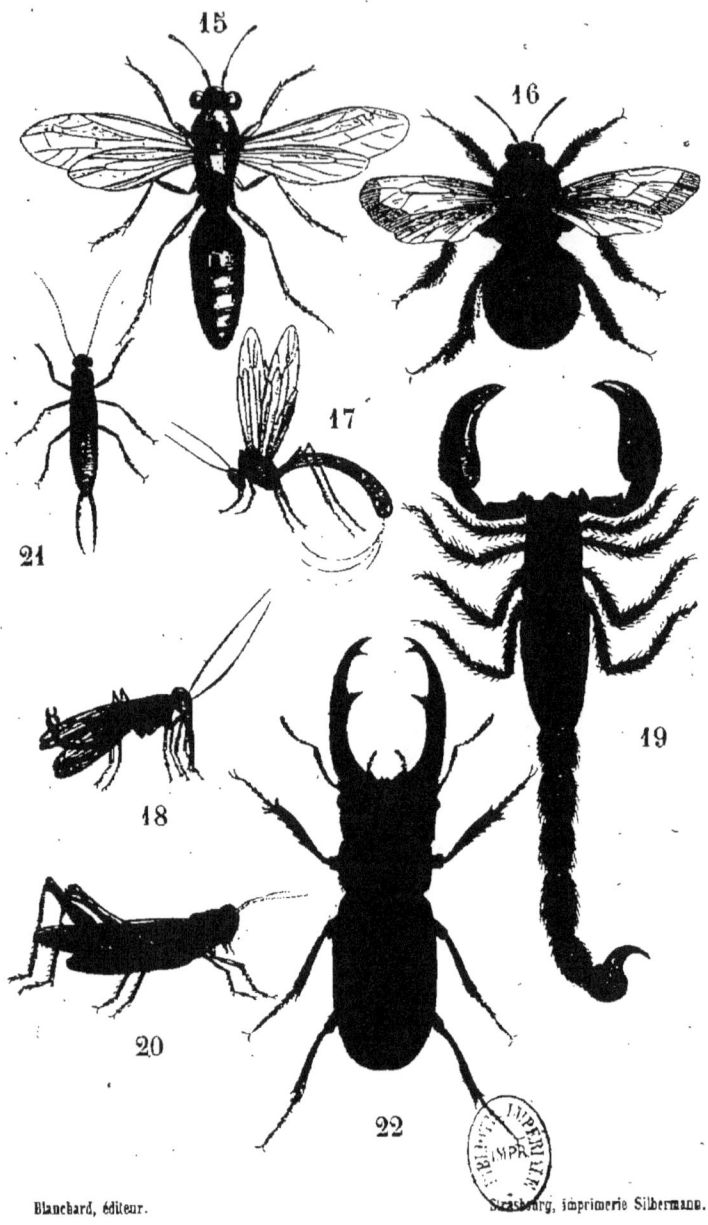

15

16

17

21

19

48

20

22

Blanchard, éditeur.

Strasbourg, imprimerie Silbermann.

s'imaginer tous les soins qu'ils apportaient à la culture de ces insectes précieux (*fig.* 13). — Maintenant, à côté de ces sociétés d'abeilles se forment d'autres sociétés non moins nombreuses de mouches, dont le corps est noir, tacheté de jaune et de fauve. Ces mouches ont le nom de *guêpes*, et leurs retraites se nomment *guêpiers*. Les guêpes sont armées d'un aiguillon très-fort et venimeux. Elles massacrent aussi les mâles, au retour de la mauvaise saison. Elles se nourrissent d'insectes, de viandes ou de fruits, et alimentent leurs larves de l'extrait de ces substances (*fig.* 14). Il y a encore une espèce de guêpes, qui est la plus grosse. On la nomme *frelons*. Les frelons dévorent les autres insectes, et surtout les abeilles dont ils volent aussi le miel (*fig.* 15).

— Qu'est-ce que c'est donc qu'un *bourdon*, comme ils disent? je voudrais bien savoir à quoi m'en tenir, car papa dit que notre jardin est rempli de bourdons, et que çà ne ressemble pas mal à une guêpe.

C'est Louis qui parlait ainsi : il avait fini par prendre goût à l'histoire naturelle et aux gâteaux.

— Cher petit Louis, répondit Arthur, je vais te satisfaire sur-le-champ. Tiens, voilà ce qu'on nomme un *bourdon*. Il est plus gros que les abeilles, et leur ressemble beaucoup par ses formes et ses habitudes.

Les *bourdons* vivent en société dans des trous creusés dans la terre ; ils contiennent tant de miel que les enfants s'amusent souvent à les éventrer pour les sucer. Le bruit qu'ils font en volant leur a fait donner le nom de *bourdons* (*fig.* 16).

Tous ces insectes que je viens de nommer, sont du genre des *hyménoptères*, aussi bien que cette mouche qui, sans raison, paraît formidable, et qu'on nomme *ichneumon* (*fig.* 17). Cette mouche est d'une petitesse excessive, et ne peut être observée avec exactitude qu'à l'aide du microscope...

— Qu'est-ce que le mi... microspoke? interrompit Amédée en rougissant.

— Tu estropies le mot, Amédée : le *microscope* et non le *microspoke*, comme tu disais tout à l'heure, est une espèce de lunette qui grossit les objets. C'est pourquoi les petits insectes, imperceptibles à l'œil nu, sont appelés insectes microscopiques. C'est pourquoi l'*ichneumon*...

— J'avais entendu lire dans une *histoire d'Égypte*, que l'*ichneumon* était un gros rat de ce pays, qu'on appelait aussi *rat de Pharaon*, dit Amédée avec hésitation.

— C'est juste, reprit Arthur ; mais cela n'empêche qu'il n'y ait rien de commun entre ce rat, qui est de

la grosseur d'un chat, et le chétif insecte que voici
fiché sur le châssis. Il en est de même à l'égard du
scorpion dont je vous parlerai à l'instant (car j'aper-
çois un bocal où je sais qu'on en a mis un), et la
mouche-scorpion (*fig.* 18), ainsi appelée parce qu'elle
est armée d'une queue qui a l'apparence de celle du
scorpion; mais cette queue n'en a que l'apparence,
croyez-le bien, et vous pourriez impunément la
prendre entre vos doigts. Il n'en serait pas de même
du *scorpion* (*fig.* 19), que je vous invite à regarder
avec attention. Son corps allongé est terminé brus-
quement par une queue longue, grêle, composée de
six nœuds dont le dernier finit en pointe très-aiguë,
ou en un dard sous l'extrémité duquel sont deux
petits trous donnant issue à une liqueur venimeuse;
ses serres ont la forme de mains. Cet animal se
cache sous les pierres, le plus souvent dans les
masures ou dans les lieux sombres et frais, et même
dans l'intérieur des habitations. Le *scorpion* court
très-vite, en recourbant sa queue en forme d'arc sur
son dos. Dirigeant cette queue en tous sens, il s'en
sert comme d'une arme offensive et défensive. La
piqûre du *scorpion* d'Europe n'est pas dangereuse
ordinairement, mais celle du *scorpion* des pays
chauds est mortelle en peu d'heures, à moins qu'on

n'en combatte les effets par des moyens énergiques. Les Hottentots du cap de Bonne-Espérance prétendent qu'un moyen sûr de se guérir de la piqûre d'un scorpion, est de tenir pendant longtemps et le plus près du feu qu'on le peut, la partie piquée. Il paraît que chez eux cela produit l'effet de la cautérisation.

— Tiens, voilà une sauterelle ! je la reconnais bien, quoiqu'elle ne puisse plus sauter, s'écria en gambadant tout joyeux le petit Hector, qui n'avait point encore parlé ; je reconnais bien ses longues jambes, qui lui servent comme d'un ressort quand elle veut s'élancer pour fuir ou pour se promener.

— Tu as bien deviné : c'est bien la *sauterelle* (*fig.* 20), reprit Arthur : tu l'as très-bien caractérisée. Il y en a de longues, de couleur verte, avec des taches brunes ou noirâtres sur les étuis. Cette sauterelle est une des espèces les plus remarquables. Elle mord fortement : on dit que les paysans de la Suède se font mordre par cet insecte les verrues des mains, et que la liqueur noire et âcre qu'il dégorge dans la plaie, fait sécher et disparaître ces excroissances de chair : ce qui me paraît assez probable, car, par l'application de cette liqueur corrosive, on doit obtenir le même effet que nos paysans avec la liqueur blanchâtre de l'euphorbe, plante nommée

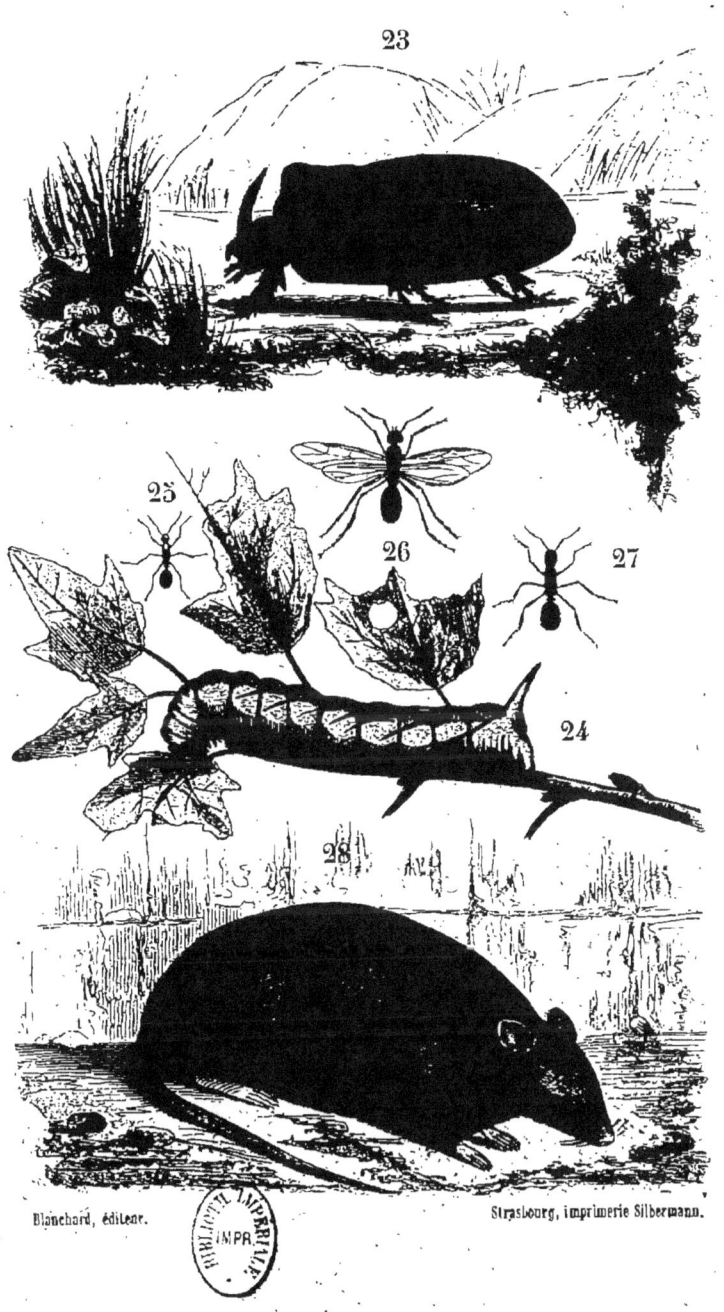

23

25 26 27

24

28

Strasbourg, imprimerie Silbermann.

vulgairement *réveille-matin*, ou bien la liqueur jaune de la *chélidoine*. Mais il y a aussi des sauterelles qu'on nomme *criquets*, qui se nourrissent de végétaux qu'ils dévorent avec voracité. Elles se montrent quelquefois en si grand nombre, que les airs en sont obscurcis : alors elles changent bientôt en désert les lieux où elles se sont arrêtées. Souvent même leur mort est un nouveau fléau, car l'air est corrompu par l'effroyable quantité de leurs cadavres restés sur le sol. On mange ces insectes dans diverses parties de l'Afrique ; on les conserve dans la saumure, après leur avoir ôté les ailes et les étuis qui les couvraient, ou bien on les fait sécher et on les réduit en poudre, pour les employer ensuite en guise de farine. Ajoutons que la sauterelle, dans nos heureux climats, égaie nos haies par son refrain, quoiqu'il soit bien monotone. Que voulez-vous? c'est une mélodie qui rappelle celle de la vielle des montagnes faisant danser la pauvre marmotte.

Passons à un autre sujet. Vous voyez à peu de distance de la sauterelle un autre insecte dont le corps est très-allongé, avec deux grandes pièces mobiles qui forment une pince à son extrémité postérieure. C'est le *perce-oreille* (*fig.* 21). Ces insectes se rassemblent en troupes, font beaucoup de mal aux fruits de nos jardins, et dévorent même les cadavres de leur propre espèce.

— Mais pourquoi les appelle-t-on *perce-oreilles?* dit Amédée en fourrant son petit doigt dans la conque de son oreille gauche.

— C'est par erreur ou par calomnie, s'empressa de répondre Arthur. Son nom ne signifie absolument rien, du moins relativement à nos oreilles, qui n'ont rien à craindre de ces insectes. Ah! ah! en voici un autre qui ne serait pas si scrupuleux avec vos doigts si vous les lui présentiez. Il n'y a qu'à voir ses deux cornes s'ouvrant en forme de tenailles, qui lui font une mâchoire redoutable... pour les vieux arbres. C'est le *cerf-volant* (*fig.* 22). Non loin de lui, voilà son camarade le *rhinocéros* ou *nasicorne*, qui lui ressemble assez pour la structure; mais il porte une corne sur son nez; cette corne est d'une grande dureté, mais tout à fait inoffensive. Tous ces insectes proviennent de gros vers blancs, cachés dans l'intérieur des vieux arbres (*fig.* 23).

— Et les papillons, interrompit encore le petit Hector; est-ce qu'ils ne naissent pas avec leurs ailes dorées?

— Non, mon ami, répondit le petit docteur, auparavant ils ont été des *chenilles;* ils subissent diverses métamorphoses avant de prendre leur vol dans les airs, avec de riches parures, si variées, si brillantes (*fig.* 24).

Les fourmis, vous les connaissez (*fig.* 25, 26 et 27): ce sont de petits insectes assez intéressants, dont le savant Réaumur s'est aussi longtemps occupé. Elles vivent en société, ayant chacune un emploi. Les unes sont chargées de l'approvisionnement général et de l'éducation des petits; elles donnent la béquée aux larves, les transportent, dans les beaux jours, à l'extérieur de l'habitation, pour leur procurer de la chaleur, les redescendent plus bas à l'approche de la nuit ou du mauvais temps, les défendent contre les attaques de leurs ennemis, et veillent avec le plus grand soin à leur conservation, surtout quand on dérange leurs nids. On a beaucoup vanté la prévoyance des fourmis; mais il faut en rabattre, car toutes les fourmis ailées périssent dans les premiers froids; il ne reste que les fourmis ouvrières, qui passent l'hiver engourdies dans leurs fourmilières.

Depuis un instant, le petit Hector, n'écoutant que d'une oreille, tendait l'autre du côté de l'extérieur où il lui semblait entendre quelque chose. En effet, un homme, étranger dans le pays, parcourait le village, criant de toutes ses forces:

5

— *Bonne mort-aux-rats et aux souris! bonne mort-aux-rats!*

Bientôt ce cri devint plus distinct, et l'homme qui le faisait entendre apparut sur le seuil de la maison où les enfants se trouvaient réunis. Sa vue donna l'explication de ses paroles. Il portait un long bâton noir auquel pendaient accrochés de gros rats morts, ses victimes :

— *Bonne mort-aux-rats!*

Brigitte le fit entrer pour lui acheter de sa drogue à faire mourir les rats, parce qu'elle était désolée par la présence de ces hôtes rongeurs. L'homme déposa sa charge qui lui servait d'étendard, et les enfants, toujours curieux, se mirent à examiner les cadavres des petits quadrupèdes.

Arthur, toujours mû par son goût pour l'histoire naturelle, profita de l'occasion pour donner à ses petits amis quelques notions sur les rats et les souris. — C'est à tort, dit-il, que l'on croit ces animaux de la même espèce. Les *rats* (*fig.* 28) se distinguent par une queue longue et écailleuse. Ces animaux sont fort à redouter par la prodigieuse rapidité avec laquelle ils se multiplient, et par la voracité avec laquelle ils rongent et dévorent des substances de toute sorte. Le rat, proprement dit, est plus que

double de la souris dans toutes ses dimensions; son
pelage est noirâtre. Cet animal incommode est origi-
naire d'Orient, et n'a pénétré en Europe que dans le
moyen âge, à l'époque des Croisades ; il a été trans-
porté sur toute la surface du globe par nos vaisseaux.
Le *surmulot*, plus gros que le rat, n'a pénétré en
Europe que depuis un siècle ; et maintenant, à Paris, il est plus commun, dit-on, que le rat. Le *mulot*
est à peu près la seule espèce qui vive loin des mai-
sons ; il est de la taille de la souris et se distingue
par son pelage roussâtre. Enfin il y a encore le *rat*
d'eau, qui est un peu plus grand qu'un rat commun ;
il a la queue velue et de la longueur du corps ; il est
d'un gris brun foncé ; il constitue une espèce bien
distincte qui habite le bord des rivières et des égouts ;
il creuse dans les terrains marécageux pour chercher des racines, mais il nage et plonge mal. Ces
animaux destructeurs, par une permission de la di-
vine Providence, se détruisent entre eux, sans quoi
leur race, si nombreuse et si féconde, finirait par
envahir et désoler le monde entier ; mais ils se tuent,
se mangent entre eux, pour peu que la faim les
presse ; en sorte que quand il y a disette à cause du
trop grand nombre, les plus forts se jettent sur les
plus faibles, leur ouvrent la tête, et mangent d'abord

la cervelle, et ensuite le reste du cadavre ; le lende-
main, la guerre recommence, et dure ainsi jusqu'à
la destruction du plus grand nombre ; c'est pourquoi
il arrive ordinairement qu'après avoir été infesté des
rats pendant un temps, ils semblent souvent disparaître tout d'un coup, et quelquefois pour bien longtemps. C'est ce que notre Jacques Delille, notre
grand poëte, puisqu'il a reçu le jour dans ces con-
trées, exprime très-bien dans des vers que je vais
vous dire :

> ..... Comme les Romains et leur grave sénat,
> Les rats sont gouvernés par la raison d'état ;
> Eux-mêmes quelquefois, quand la faim les menace,
> Ne pouvant la nourrir, exterminent leur race ;
> Et la terrible loi de la nécessité
> D'un peuple trop nombreux soulage la cité.

Voilà tout ce que j'ai à vous dire sur le *rat*.
Comme vous pouvez le voir par ceux qui sont pen-
dus à ce bâton, ce sont des animaux dégoûtants, qui
vivent dans les égouts des villes et parmi les immon-
dices les plus infectes. Mais on a tort de croire que
les souris soient les femelles des rats. La *souris*, que
nous connaissons tous, est un joli petit animal, moins
sa queue qui est trop longue. Dans tous les cas, elle
est assurément la plus petite des rats ; elle a le plus

29

30

31

32

33

Strasbourg, imprimerie Silbermann.

souvent une robe grise ; et on en trouve quelquefois de blanches (*fig.* 29).

Tout le temps qu'avait duré l'explication d'Arthur, l'homme *à la mort-aux-rats* avait vendu de sa marchandise à Brigitte, qui, naturellement bonne et hospitalière, lui avait fait boire un coup, en lui donnant un bon morceau de pain. L'homme, bien content de sa vente, vint reprendre son bâton, et prit congé des enfants. Bientôt on l'entendit recommencer sa ritournelle dans le village.

— *Bonne mort-aux-rats et aux souris!*

— Il nous reste encore quelques animaux à visiter, dit Arthur ; ce ne sera pas long. Voilà un *crapaud* (*fig.* 30). On distingue plusieurs espèces de ce genre de reptiles qu'on nomme aussi *batraciens*. Les crapauds ont le corps ventru, sautent pesamment, parce que leurs pattes de derrière sont peu allongées ; ils rendent une humeur laiteuse et fétide. C'est pendant la nuit et après les pluies chaudes de l'été qu'ils sortent de leurs retraites, et alors on en voit tout à coup paraître un très-grand nombre, ce qui a fait croire à l'existence de *pluies de crapauds*. La durée de leur vie n'est pas exactement connue ; mais ils vivent probablement fort longtemps. On dit qu'ils sont susceptibles d'être ap-

privoisés. Ils meurent promptement quand on les
saupoudre de sel ou de tabac. Voici ceux qu'on rencontre communément en France : c'est le crapaud
commun, qui est gris roussâtre ou gris brun, quelquefois olivâtre ou noirâtre ; le crapaud des joncs,
qui a une ligne jaune le long de l'épine du dos, et
une autre rougeâtre dentelée sur le flanc ; le crapaud
brun, qui est d'un brun clair, marbré de brun foncé
ou noirâtre ; le crapaud sonnant, qui a le ventre
jaune ; le crapaud de Rœsel, qui est verdâtre, et ré-
pandu communément dans les bois et dans les mares
en Europe.

Je n'oublierai pas la *grenouille* (*fig.* 31), qui ressemble tant au crapaud, et qui n'est pas cependant
à beaucoup près si laide. Voyez une grenouille, qui
vient de nos marais, ici près ; peut-on confondre
avec le lourd crapaud un être dont la taille est si
légère ; elle est toute vivante, car elle vient d'être
prise dans le ruisseau de Chamalière, auprès des
saules. Voyez comme ses mouvements sont prestes,
comme son attitude est gracieuse ! Le museau de la
grenouille est plus pointu que celui du crapaud ; son
corps est plus long que large ; il est couvert d'une
peau luisante, gluante ; les pattes de derrière ont
cinq doigts réunis par une membrane ; celles de

devant n'en ont que quatre, et sont infiniment plus courtes. Les muscles de cet animal sont d'une force extraordinaire pour son volume. C'est ce qui lui donne cette élasticité, cette légèreté qui président à tous ses mouvements. Je sais qu'il y a là un bocal où se trouve une jolie petite espèce de grenouille, la voilà : c'est la *raine* (*fig.* 32), du latin *rana* qui signifie *grenouille*. Elle est toute verte comme les herbes parmi lesquelles elle se tient habituellement. Je dois ajouter qu'en Europe, on regarde les grenouilles comme un mets très-délicat, et c'est pourquoi on en trouve sur tous nos marchés. C'est en faisant des expériences sur des grenouilles que le célèbre physicien Galvani a découvert par hasard la science qu'on appelle le *galvanisme,* du nom de l'inventeur, et à l'aide de laquelle on produit certains effets électriques véritablement surprenants. Les crapauds et les grenouilles pondent dans l'eau des œufs qui produisent les *têtards* (*fig.* 33), masses informes, qui ne tardent pas à devenir à leur tour ou crapauds ou grenouilles.

— Mais pourquoi dit-on d'un homme stupide qu'il n'est pas cause que les grenouilles n'ont pas de queue? demanda Amédée en riant.

— Mon cher Amédée, répondit Arthur, je ne

pourrais répondre à ta question : mais je crois que c'est encore plus insultant que de dire de quelqu'un qu'il n'a point inventé la poudre. Du reste, je puis t'assurer que ces deux locutions ne te regardent nullement.

—Merci, Arthur, de la bonne opinion que tu as de moi, dit Amédée avec une légère fatuité.

—Maintenant, reprit Arthur, reportez vos regards sur le châssis, et considérez ces insectes que vous connaissez qu'on nomme *araignées* ou *fileuses* (*fig.* 34 et 35). Vous savez tous que cet insecte, si hideux à voir, a un art merveilleux pour prendre dans sa toile, espèce de filet, les mouches et autres insectes qui s'y embarrassent, et dont elles font leur nourriture. Mais ce que vous ignorez peut-être, c'est que ces insectes si peu favorisés de la nature, sous le rapport de la beauté, sont doués d'intelligence et de sensibilité. Une petite araignée noire, commune dans nos jardins, porte ses œufs dans un sac de soie attaché sous son ventre; elle les défend avec courage, et, quand on les a détachés, elle s'empresse de les reprendre et de les fixer de nouveau. On raconte une histoire touchante relative à l'araignée. Paul Pélisson, homme de lettres fort distingué, membre de l'Académie française, ayant été enfermé dans un

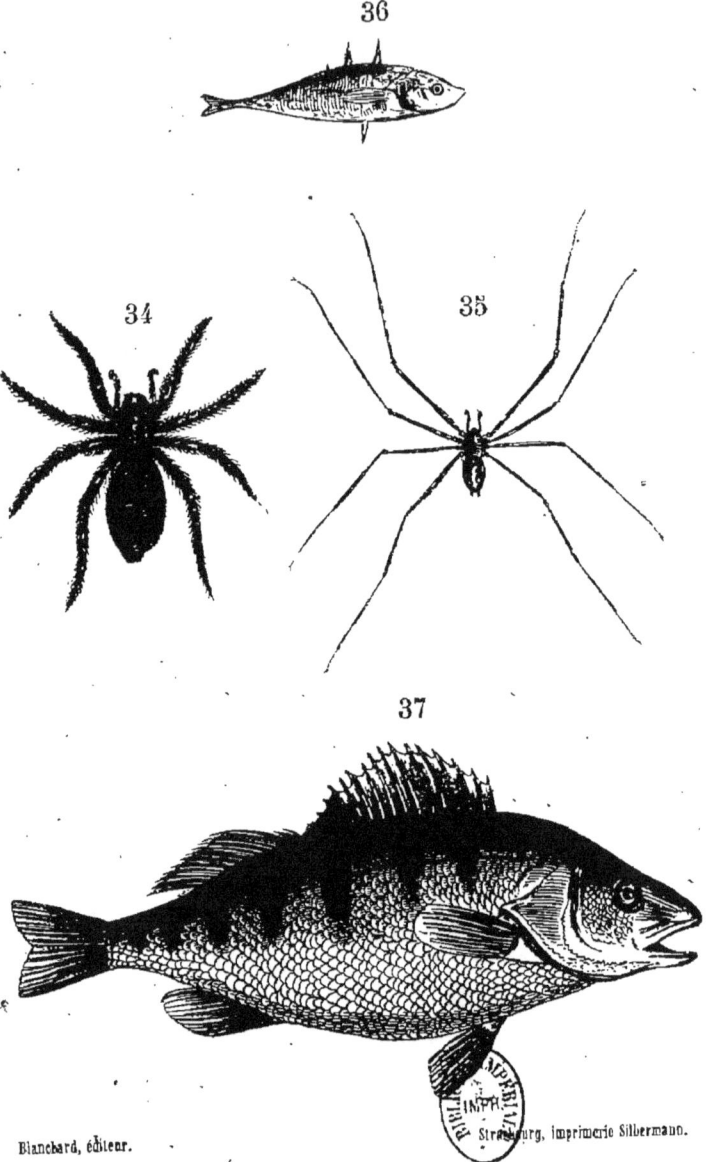

36

34   35

37

Blanchard, éditeur.

Strasbourg, imprimerie Silbermann.

38

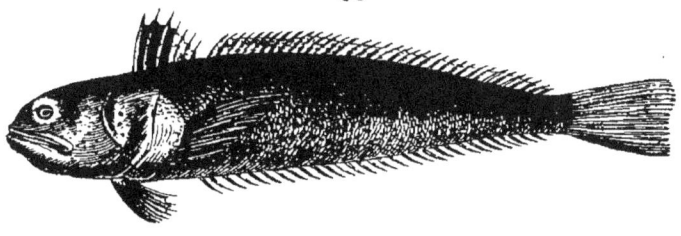

39

40

Blanchard, éditeur.

Strasbourg, imprimerie Silbermann.

des cachots de la Bastille, à cause de son dévouement à la personne du surintendant Fouquet, qui
avait encouru la disgrâce de Louis XIV, trouva une
ressource contre l'ennui dans une araignée qu'il
avait vue faire sa toile dans un soupirail donnant un
faible jour à son cachot. Il entreprit d'apprivoiser
cet insecte, en mettant des mouches sur le bord du
soupirail. Pélisson avait pour compagnon de prison
un Basque morne et stupide, qui ne savait que jouer
de la musette. Peu à peu l'araignée s'accoutuma au
son de cet instrument. Elle venait, au bout de
plusieurs mois, au signal donné par la musette,
prendre une mouche au fond de la chambre, et
jusque sur les genoux du prisonnier.

Après cette histoire, Arthur, promenant ses regards
de tous côtés, dit d'un ton chagrin : Il ne nous reste
que bien peu de choses à examiner dans ce cabinet;
je n'y vois que quelques poissons et crustacés dont je
vous parlerai tout à l'heure. Je regrette infiniment
de ne pouvoir vous entretenir de toutes ces pierres
et de ces cristaux. La minéralogie était l'objet con-
stant des études de mon oncle; c'était sa passion la
plus ardente... Il en donna une preuve bien forte,
un jour qu'il était allé loin, bien loin dans la mon-
tagne, au milieu des rocs et des précipices, le

6

marteau et la pioche à la main, pour y exhumer des
pierres curieuses. Il marchait, le sac plein sur le
dos, et suivait des sentiers étroits inconnus aux pas
de l'homme. Mais que ne peut l'amour de la science!
Portant péniblement son précieux fardeau, traînant
lourdement ses jambes fatiguées et ses gros souliers
ferrés, mon oncle descendait la pente d'un chemin
difficile et escarpé... Tout à coup le fusil d'un chasseur
éloigné part et fait explosion. Surpris par cette dé-
tonation subite, mon oncle retourne la tête, fait un
faux pas, et roule de rocher en rocher : homme, pelle,
pioche, marteau, pierres, roulaient de compagnie...
Eh bien! croiriez-vous qu'un seul cri sortait de la
bouche de l'intrépide minéralogiste, un cri sublime,
qui ne saurait épuiser mon admiration :

— Sauvez mes minéraux! sauvez mes minéraux!
criait-il d'un accent douloureux aux paysans accou-
rus à son secours, et qui ne pouvaient comprendre
cet héroïsme.

Je viens à nos poissons. Celui-ci, qui est très-petit,
se trouve abondamment dans les mares et dans les
rivières (*fig.* 36).

— On l'appelle *savetier*, je crois, dit Amédée.

— Tu as raison, mon cher Amédée, c'est bien ce
qu'on appelle vulgairement le *savetier*, mais son

véritable nom est *épinoche*. Ces poissons ont les joues
cuirassées. Ils paraissent quelquefois en quantité si
prodigieuse dans certaines eaux d'Angleterre et du
Nord qu'on les y emploie à fumer les terres, à
nourrir les cochons, à faire de l'huile. Cet autre
poisson de couleur verdâtre, à longues bandes ver-
ticales noirâtres, est la *perche* (*fig.* 37); c'est un de
nos plus beaux et de nos meilleurs poissons d'eau
douce. La perche vit dans les eaux pures comme
celles du Rhin, de la Moselle. Cet autre que voici, qui
a la tête comprimée, les yeux rapprochés, la bouche
oblique, est la *vive* (*fig.* 38). Il a un fort aiguillon
que vous voyez à sa première dorsale. La chair de la
vive est très-agréable. On en voit un grand nombre
sur les côtes de l'Océan et dans la Manche. Cet autre
petit poisson qui a la forme de la vive, mais qui est
beaucoup plus petit, s'appelle *arselin* (*fig.* 39).

Oh! oh! nous changeons d'individus. Voici un
beau *homard* (*fig.* 40). Voyez, ce crustacé se distingue
par la forme de ses pieds de devant, qui se terminent
par une pince à deux mordants ou une main à deux
doigts. Celui-ci a plus d'un demi-mètre de long. Ses
deux pinces sont fort inégales; la première est armée
de deux grosses dents molaires; l'autre est plus
allongée, avec de petites dents nombreuses.

L'écrevisse (*fig.* 41) n'est, en quelque sorte, qu'une petite espèce de *homard*, dont les pinces antérieures sont chagrinées et finement dentelées ; elle vit dans l'eau douce, elle se blottit dans des trous ou sous des pierres. On pêche le plus souvent les écrevisses au flambeau.

Ah ! nous voici au dernier ; c'est-à-dire que celui-là est le dernier que nous ayons. Je ne dirai pas : *au dernier les bons*. L'attention silencieuse que vous m'avez prêtée témoigne hautement de votre désir de vous instruire. Disons donc pour finir : le *crabe* (*fig.* 42), autre crustacé, a la queue plus courte que le tronc, sans appendices ou nageoires à son extrémité, et se reployant en dessous, dans l'état de repos, pour se loger dans une fossette de la poitrine ; ses antennes sont petites. Les espèces de *crabes* sont très-nombreuses. Les qualités malfaisantes que les moules prennent quelquefois paraissent dues à de très-petits *crabes* qui vivent une partie de l'automne, surtout en novembre, dans l'intérieur de ces coquillages.

Depuis quelques instants, un bruit sourd et confus, des cris d'effroi, des paroles menaçantes, formaient un brouhaha qui fixait de plus en plus l'attention de nos jeunes enfants. Amédée sortit pour voir ce dont

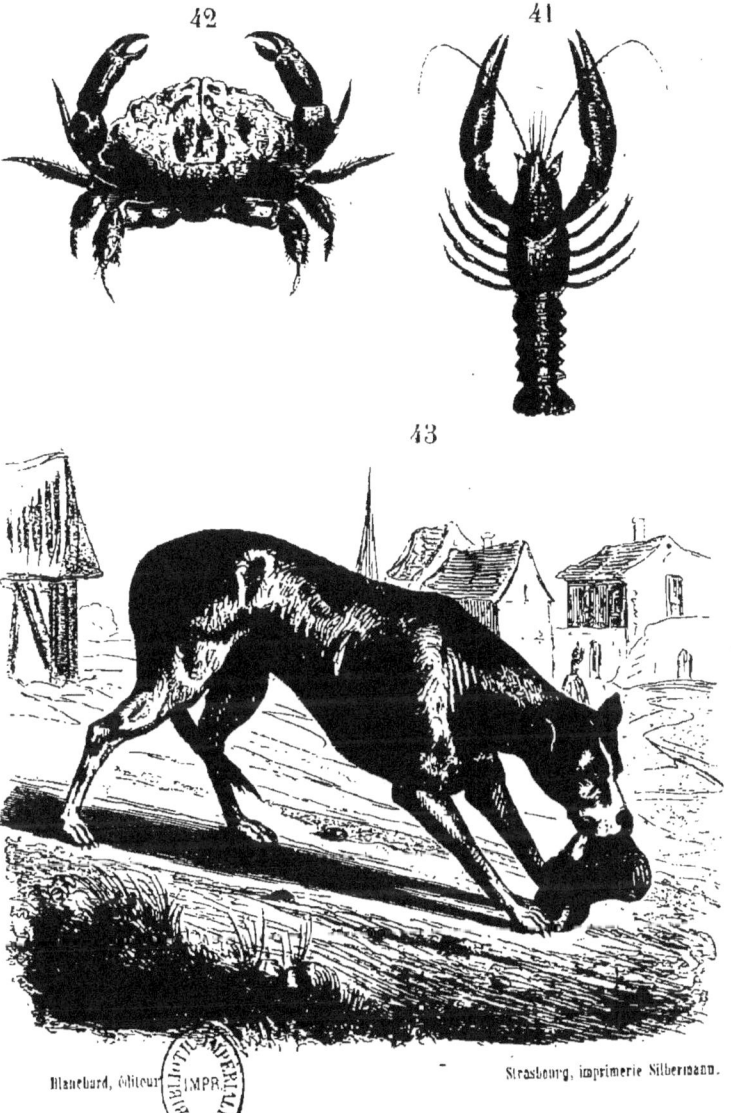

42

41

43

Strasbourg, imprimerie Silbermann.

il s'agissait. Mais bientôt on le vit revenir blême de frayeur, et ne pouvant plus articuler la moindre parole. Tous les enfants, plus ou moins, partageaient la terreur d'Amédée dont ils ne pouvaient se rendre compte. Arthur, avec son calme philosophique, qu'il tenait de son oncle, dit stoïquement :

— Mais, Amédée, qu'y a-t-il donc? Tu peux nous dire ça, puisque tu viens du dehors.

— Ne sortez d'ici! personne! s'écria Amédée; car il y a là...

— Mais quoi? dirent tous les bambins.

— Prenez garde, reprit Amédée, il y a là un *chien enragé;* je l'ai vu traverser le ruisseau en buvant (*fig.* 43).

— Eh bien! non, reprit Arthur; si le chien a bu, je soutiens qu'il n'est pas enragé. Les chiens atteints de la rage ne boivent pas; ils fuient l'eau avec horreur.

— Qu'est-ce que vous dites donc là, monsieur Arthur? dit Brigitte qui venait d'arriver, et qui montrait pour le moins autant d'effroi que les enfants; quoi! vous dites que ce vilain chien, qui a égorgé une de mes poules, n'était point enragé? Par exemple! elle est bonne, celle-là! J'ai très-bien vu le chien se précipiter sur mes poules qui étaient bien effrayées, les pauvres bêtes... je l'ai très-bien vu, même qu'il avait la queue baissée entre les jambes, quand tous les hommes du village se sont rués sur lui avec des fourches et des bâtons et l'ont assommé sur place.

— Tout cela ne prouve rien, reprit Arthur avec assurance; le chien a bu, donc il n'était pas enragé, c'est une preuve incontestable... Je vous le dis, et mon oncle, qui en savait beaucoup plus à ce sujet, vous le dites de même. Un chien qui boit peut être furieux; mais, à coup sûr, il n'est point enragé...

— Mais, dit Brigitte un peu calmée, qu'est-ce que vous disiez de la queue entre les jambes? N'est-ce pas là un signe certain de la rage chez un animal?

— Pas toujours, reprit Arthur ; car l'effroi peut causer cet effet : quand le chien s'est vu cerné par tous ces hommes, furieux eux-mêmes, il a dû avoir grand'peur et en montrer tous les symptômes. Mais, assurément, il n'était point enragé, croyez-le bien. Mon oncle, vous le savez, Brigitte, ne vous en aurait pas parlé autrement que je ne le fais. Ainsi, donc, rassurez-vous.

Le souvenir de l'oncle Lacoste, la vénération qu'elle conservait pour sa mémoire, son penchant naturel pour les animaux, changèrent tout à coup la

disposition d'esprit de la vieille Brigitte, qui, s'es-
suyant les yeux avec un coin de son tablier, dit avec
douleur :

— La pauvre bête, ils l'ont tuée ! Ce malheureux
chien n'était point enragé !... Mais, après tout, c'est
un malheur ! Il n'y faut plus penser !

— Non, dit Arthur, il n'y faut plus penser, et
surtout ne pas arrêter sa pensée sur la terrible et
incurable maladie qu'on appelle la rage ou l'*hydro-
phobie :* notre repos et notre santé pourraient en être
troublés. Il nous faut songer présentement à retour-
ner à Clermont.

— Pas si vite, dit Brigitte, pas si vite... Vous devez
avoir faim et soif, que je crois... Vous allez dîner
avant de partir. J'ai préparé le repas ; je vais vous
le servir.

En effet, l'odeur des rôtis et des ragoûts apportait
jusque dans le cabinet de M. Lacoste des émanations
appétissantes qui faisaient plaisir à de jeunes estomacs toujours disposés à fonctionner.

Le repas fut servi dans la petite salle à manger :
une pièce de résistance, une énorme dinde de la basse-
cour de Brigitte, fut placée sur la table recouverte
d'une nappe bien blanche. Toute la petite troupe
arriva, Arthur en tête, et prit place au banquet im-

provisé. Tous les yeux étaient braqués sur la dinde
dorée, qui exhalait un parfum délicieux. Tout le
monde avait oublié, et la rumeur qu'avait causée
dans le village l'apparition du chien prétendu enragé, et le pauvre chien lui-même ; le bruit continu
des mâchoires annonçait les meilleures dispositions
parmi les convives. Après avoir fait honneur à la
volaille, on tomba sur les autres plats, que l'on net-
toya lestement. Puis vint le dessert : c'étaient de
très-beaux fruits, cueillis dans l'enclos qu'on nom-
mait le verger, et des gâteaux bien frais sortis du
four du village, parce qu'on avait eu la précaution
de les y mettre auparavant, ainsi que le fit judicieu-
sement observer le petit Amédée, dont la bouche
n'était jamais vide. Les enfants aiment beaucoup les
gâteaux et en général les friandises, au point même
de s'en incommoder. Mais le sage Arthur tenait à
reconduire chez leurs parents ses petits camarades
sains et saufs. Quand il jugea qu'ils avaient pris suf-
fisamment de nourriture, il donna le signal du dé-
part, et toute la petite troupe fit joyeusement chorus
avec lui.

On ne tarda pas à lever le siége. Chacun témoigna
à la vieille Brigitte que l'on était content du dîner et
de la cuisinière ; chacun lui fit ses adieux avec cette

naïveté enfantine qui est le charme du jeune âge. On s'applaudissait d'avoir pu apprendre quelque chose en s'amusant. On se proposait bien de revenir à Royat aux prochaines vacances, et de prier surtout Arthur d'y conduire encore la petite troupe.

Flatté de ces démonstrations, Arthur le leur promit, bien décidé à leur tenir parole.

7

TABLE

PARIS. — IMPRIMERIE DE J. CLAYE, RUE SAINT-BENOIT, 7

Strasbourg, imprimerie de G. Silbermann.

www.ingramcontent.com/pod-product-compliance
Lightning Source LLC
Chambersburg PA
CBHW060809180626
46818CB00002B/768